KB070965

외등은 외로워서 환할까

서하

시인의 말

네 번째 매듭을 묶는다.

염낭거미는 새끼들의 먹이가 되며 생을 마감한다.
소여물 써는 외양간 모퉁이에서
몸 풀었던 우리 엄마의 생도 거미와 흡사했다.

아이는 자라 어른이 되는데
딸은 환갑이 지나도 아들이 안 되더라는
북데기 같은 말, 소 잔등에 실어 보낸다.

부디 좋은 곳에 가 닿기를…

2023년 봄을 기다리며
서하

외등은 외로워서 환할까

차례

1부 본적도 현주소도 모티이다

2부 하다 만 기도

3부 비는 누구의 팔에 이끌려 여기까지 왔을까요

4부 맨발의 물총새처럼

해설

1부
본적도 현주소도 모티이다

오랜만에 걸려 온 전화

꿈에 마스크를 쓴 아이를 낳았다 하면 믿겠니

코로나가 코로나에 안다리 걸려 의식 불명이라 하면
믿겠니

입이 저지른 일을 똥구멍으로 씻어내는 중이라 하면
믿겠니

배추흰나비며 된장잠자리와 함께 한 열흘 날아다녔
다 하면 믿겠니

참나리 꽃잎 속으로 골목이 들어갔다 하면 믿겠니

자작나무가 달빛에 흰 피를 말린다 하면 믿겠니

깨진 백미러 속으로 낮달을 밀어 넣었다 하면 믿겠니

검은 당나귀가 은방울 흔들며 술병 속으로 사라졌다
하면 믿겠니

오늘은 귓속에 천수관음을 모셨다 하면 믿겠니

이름·1

1.

산파는 할머니였다 소여물 써는 작두를 옮긴 한 모
티*에 짚을 깔고 그 위에 낡은 수건 몇 장이 전부인 분만
실, 불룩한 배 아래 드러난 음부를 처음 본 천장의 거미
가 재바르게 거미줄을 쳤다 담장 위 애호박이 호박잎
끌어다 제 눈을 가렸다 마당 한구석에서는 삽살개가 한
쪽 다리 들고 오줌을 갈기고

2.

같은 해에 한 지붕 아래 두 아이 받아내면 삼신할미
토라진다는 할머니 말씀, 된똥 누듯 쏟은 첫딸, 아버지
는 예수님과 동창이라며 뜰 정庭, 예도 례禮, '정례'라 이
름 지었지 하나 할머니는 이름조차 아까웠던지 그저
"모티야"로 불렀다 제 몸에서 나온 실로 저를 가두는 누
에고치처럼 큰동서 피해 외양간 모티에서 몸 풀던 엄
마, 모티는 간도 쓸개도 면목도 없었다
    그래, 나는 본적도, 현주소도 다 모티이다

3.

요즘도 법당에서 구석으로 가 조심조심 앉는 버릇이
있는데, 칠정례** '지심정례공양……' 지극정성으로 정
례를 일곱 번씩이나 독송할 땐, 내가 꼭 길모퉁이에서 얼
떨결에 잡아 탄 택시 같아서 힐끔 밖을 내다보는데,

뜰 안 불두화가 신생아 같은 꽃 삐죽이 밀어내고 있
더라

* 모퉁이의 경상도 방언.

** 불교 의식 때 올리는 예경문(禮敬文)이 모두 일곱 글귀이어서
'칠정례'라고 함.

이름·2

'서하徐河'란 필명으로 살다 보니 이런저런 일들 참 적지 않았어요 전화가 와서 "예, 서합니다"하면 십중팔구 "예, 뭐 한다고요?"라는 말이 돌아오지요 해서 다시 "아니요, 서하라구요" 말하면 "예, 뭐 하라구요?"라고 되묻기 일쑤지요

하루는 어느 점잖은 노시인이 막걸리 한잔 쭉 들이켜곤 "서하야, 너는 서쪽의 강이대이"라고 말씀하시더군요 그런데 바로 옆에 있던 동반자, 곧장 "서쪽의 강 좋아하시네 서서 하는 서하지"라고 맞받아치는 겁니다

그 소릴 듣는 순간 나도 모르게 오줌 찔끔거릴 뻔했어요 그렇잖아도 허리가 부실해 김장도 다림질도 죄다 서서 하는 걸 그 시인은 어찌 아셨을까요? 서서 오줌 못 누는 사람으로 태어나 구박이란 구박 다 받고 여기까지 왔는데, 아버지가 지어 준 '정례'란 참한 이름 버리고 제 멋대로 '서하' 간판으로 영업하는 것도 어쩌면 서서 하지 못하는 한풀이가 아닌가 싶기도 한데,

그나저나 경남 함양군에 서하면이 있다니 한번 찾아가 봐야겠어요 서하면장님 찾아뵙고 "안녕하세요 서하

면장님! 서하입니다"라고 꼿꼿이 서서 인사할 요량인데,
그때 서하면장님 설마 "예, 뭐 한다고요?" 되묻진 않겠지
요

삶은, 계란입니다

삶은 계란이 맞을 짓 한 적 없는 바위의 뒤통수를 한 대 탁 칩니다 친 사람이 더 아프다는 말, 잘 맞춘 퍼즐 같습니다 깨어진 만큼 더 넓은 세상이 보인다고 누가 그랬습니다 깨어지는 힘도 스펙입니다

계란 안에서는 계란이 안 보입니다 균열된 금 사이로 엄지와 검지를 밀어 넣으며 살살 벗깁니다 햇살이, 구름이, 나무가 보고 있는데 바보같이 속옷까지 다 벗습니다 종이도, 플라스틱도, 철제도 아닌, 깨어짐이 만든 훈장, 그들을 보고 누가 껍데기라 이름 지었을까요 알몸을 감싸며 사는 일, 꼭 쥐면 바스락대며 울 것 같아 목이 맵니다

설령 멋진 신세계가 멋지지 않다 해도 깨어져서야 열릴 신세계, 깨진 적 없이 먼저 가 버린 동생은 절대로 모를 일, 깨지지 않은 계란은 고장 난 수류탄 같은 것

작은 틈을 비집고 나오는 풀잎처럼, 길게 목 빼며 까

치발을 해 봅니다만, 견고한 내 틀은 어느 바위가 깨부
숴 줄지요 아직은 뒤통수만 벅벅 긁어대는 삶은, 계란입
니다

한 신발이 있었습니다*

신발이 있었습니다 오랫동안 신지 않던
하렘은 아니지만 어쩌다 새 얼굴이 들어오는 날엔
조금씩 구석으로 밀리던 신발입니다
몇 발짝도 못 가 보고
젖은 마분지처럼 바닥이 축 처졌습니다

갈 길은 먼데 잡았던 손 슬쩍 빼듯이
신발에 'ㄴ'이 떨어지니
발을 끼워도 시발,
발을 빼도 시발, 무참한 뻘밭입니다

외출 다녀온 것들의 쉰내 나는 수다에도
이골이 났을 저 달관의 경지
호명되기만 기다리다 지쳐 버린 홍등가의 이름처럼
늘어진 고무줄 치마 흘러내리듯
더는 머물 마음이 없었던 걸까요
방치의 시간 꺼지는 소리 시퍼렇습니다

방치에 헌신하면 헌신짝이 되나요

시베리아로 끌려가는 패잔병처럼 가기 싫어도 가야
하는
늙음의 옆구리
아,
길바닥에 떨어져 할딱이는 새의 깃털처럼
저 바닥의 소리에 귀 기울이라고
오늘도
뻘밭에선 발이 푹푹 빠지는 것입니다

* 로이 앤더슨 감독의 영화 〈끝없음에 관하여〉에서 빌려 옴.

테니스공과 정수리

내가 더 전진할 수 없음을 알았다는 것이 나의 전진이다.
—폴 사르트르

오이 자르던 칼끝을 테니스공에 넣어 조심조심 열십
자로 자릅니다 잔뜩 웅크리고 있던 숨이 칼끝으로 엉금
엉금 기어 나오는군요 오이꽃 봉오리는 어떻게 자신을
열었을까요

칼날이 다녀가도 공은 그대로 둥근데요 내가 둥글어
지면 남도 둥글어지겠지요 둥근 신발을 식탁의 맨발에
다 신깁니다 첫걸음 떼는 돌배기에게 신발 신기던 콧노
래도 흥얼흥얼 밀어 넣습니다 어이쿠나 어이쿠나 테니
스공 속으로 세상이 들어갔습니다

마음 닫으면 바늘 하나 꽂을 수 없다는데 형광색 본
성이 환합니다 사랑에 색깔이 있다면 형광색일까요 식
탁이 한 발 한 발 걷습니다 뭉친 어깨도 함께 오이 넝쿨
처럼 넌출넌출 뒤따라갑니다 각오한 듯 햇살이, 오래 멈
춘 나의 정수리에 열십자로 칼질을 합니다

끝은 끝이라 말하지 않는

없다

비밀번호를 기억해야 할 현관문도, 징징대는 연속극
도, 눈앞에서 늘 닫혀 버리는 지하철도, 무당벌레가 숨
은 나뭇잎의 뒷면 같은 곳도

파도 소리를 찢으며
지푸라기 먹은 황토벽이 바람을 탄다

통유리 밖으로 엎드린 바다의 속살을 만져 보기도
하고 골목을 기웃거리기도 하고 올망졸망 조무래기 섬
들의 눈을 피해 너울 위에 초막집 짓는 너는 누구니, 첫
사랑을 만난 듯 품 넓은 바다를 뛰어다니는

자꾸 흘러내리는 귓등을 귀 뒤로 쓸어 모으며 파도
에 빠져드는 일몰, 결코 끝은 끝이라 말하지 않는─ 땅
끝 송호리 인송 토문재에
나는 없다

바람이 비닐봉지를 펄럭이게 하듯

남모르게 흘린 눈물이 베개에 오래 머물던 이유 이제 알겠습니다 내 몸에 바람이 부족하다고 담당 의사가 그랬습니다 술과 도박에 코 빠져 바람은 안 피웠다는 아버지, 그 바람의 단맛도 모르는 피가 내게 흐르고 있나니, 육십 년 동안 참, 바람 빠진 타이어처럼 살았네요

고백건대, 스카프처럼 바람을 둘둘 감고 돌아다니던 연자 언니 보며 손가락질했던 그 손으로, 바람 쐬러 나간다는 아들더러 "와, 집에는 바람이 안 불다?"던 아버지*께 기립 박수 쳤습니다

지나간 것은 지나간 것, 부는 바람에 옷깃 여미며 반성합니다

이제 태풍의 곁가지 하나 꺾어 휘묻이하렵니다 곰과 朽인 내게 달달한 바람이 가당키나 할까만, 희한하게도 망하지 않는 게 희망이라잖아요 바람의 나라 어느 눈먼 새싹이 돋아나 준다면 그걸 마다할 이유 있을까요

미안하지만, 허가제인지 신고제인지 내사 알 바 없고,
바람이 비닐봉지를 펄럭이게 하듯, 바람 든 차돌이 공중
을 날 듯이, 눈물 묻은 베개 대신 태풍의 꼬리를 베고 꿈
꾸겠습니다

*안상학의 시 「아배 생각」.

파란 하늘에 흰 구름이

아침 산책길 갑자기 뒤가 마려웠다 어라 웬일이래, 변비 참아낸 똥을 반가워할 새가 없다 어서 공원 화장실까지 가야 한다 지나가던 황삽사리 낌새 맡았는지 두루마리 휴지처럼 혀를 반쯤 빼물고 다가온다

길가에 도열한 약쑥 땅찔레 개망초 엉겅퀴 토끼풀 들도 배설할까? 파란 하늘에 흰 구름이 하얀 변기로 보였다 한 치 앞도 모르는 이 사람아, 하루살이가 떼로 달려든다

못둑을 지나 나무 계단 스무 개를 배배 꼬며 도착한 화장실 앞, 형광색 조끼 입은 여인이 긴 호스 줄 끌어당기며
"청소 중이니 오 분만 기다려 주이소" 그런다

오 분만을 건너려는 두 사람, 서로 바쁘다

나무칼로 귀를 베어 가도 모를

그녀는 요일 밥을 해요 평일에는 잡곡밥, 콩나물밥, 곤드레밥, 톳밥을 하는데 참기름 듬뿍 넣은 양념장을 넣고 비벼 먹으면 나무칼로 귀를 베어 가도 모를 정도로 맛있대요

취사를 취소하고 싶은 일요일은 왜 빨갈까요 빨간 날은 백미밥이 백미래요

뭐니뭐니 해도 밥은 갓 지은 밥이 젤 맛있듯, 시도 그렇대요

잘 쓰려고 하면 더 설어 버리는 아이러니한 시, 식은 밥처럼 선뜻 내키지 않는 시, 불리지 않아 딱딱한 콩처럼 추상어가 곳곳에 박힌 시, 무엇을 안쳤는지 모르는 난해한 시, 뜸 들지 않아 와글와글한 시가 나올 땐 뜨거운 밥솥에 떨어진 눈송이처럼 달아나고 싶대요

그녀는 빨간 날에도 쉬지 않고, 나무칼로 귀 베어 가도 모를 맛있는 시를 기다린대요 우아하게 갓을 쓰고요

한숨 푹 울고 나면

1.

속울음 버리러 밀양 연밭에 갔는데 매미가 한꺼번에
울기 시작한다

맴맴맴맴매애 맴맴맴맴매애…

독감 걸려 이래저래 고생했다며 넋두리하는 건 고쳐
주라는 뜻이 아닌데, 자신은 폐병 걸려 죽을 고생 했다
며 한술 더 뜨는 그 사람처럼,

나보다 더 시퍼렇게 우는 매미를 무슨 수로 달래나,
조각 이불 같은 연잎 귀가 다 찢어지겠네

2.

명품 물방울 목걸이 부럽지 않은데 연꽃 피는 거 보
면 부럽다 부러움이 부러지도록 울고 싶다 자다 깨다 하
는 선잠 같은 그런 울음 말고, 한 사나흘 전심전력 울고
싶다 아버지의 가파르고 거친 기억, 끓어오르는 것 모두
다 캐내고 싶다 캐내고 싶은 과거는 연뿌리처럼 구멍이
숭숭한데

죽어라 울어대는 매미의 팔베개 베고, 한 번도 덮지 않은 새 이불 덮고 늘어지게 한숨 푹 울고 나면, 미뤄 두었던 눈물 밭에도 환한 연꽃, 개운할까

연밭에 발목 빠진 낮달이 등 토닥여 주는 오후, 그사이 눈물 봉지 같은 연꽃이 또 터진다

고드름

누군가

눈물 나게 그리운 그 마음

거꾸로

매달아 놓고

똑

똑

똑

언 땅을 후벼 파는

하늘 보자기 뚫고 나온

유리 송곳 같은

저 몰입沒入

바닥을 열어 바다를 꺼내다

냉장고에서 꺼내던 멸치 통을 실수로 놓쳤습니다 요즘의 내가 그래요 웅덩이도 없는데 자주 기우뚱합니다 픽, 엎질러진 멸치들 예상치 못한 민망함에 몸부림칩니다 배를 갈라 멸치 똥 빼내듯 바닥을 열어 바다를 꺼냅니다 수심 같은 건 아예 모른 체하는 게 예의라며 크르륵거리는 물소리 군말 없이 받아 줍니다 뒤돌아보면 파편 같았던 나날들, 파도치는 날 파도의 의자는 파도였을까요 은빛 물결 헤치며 유영할 수 있었던 이유는 부축해 주는 파도가 배경이 되어 준 덕분입니다

의자가 많다고 해서 다 앉을 수 있는 것은 아니어서 비릿한 멸치 떼의 긴 행렬이 내 발등을 지나 싱크대 문짝을 지나 천장으로 이어집니다 간간이 스치는 멸치의 시선은 바닷물보다 차갑습니다 엎어져 난감한 바닥에서 수심 깊은 바다를 보았습니다 더욱 공손해져야겠습니다

2부
하다 만 기도

Cut-in*

암만 봐도 니가 없네 얼굴이 콩 쪼가리만 해서 몬 찾겠다 니가 함 찾아보그래이— 뜬금없이 초등학교 동창생이 사진 한 장을 보내왔다

그날도 뚜껑 없는 낮달은 떠올랐고 굵은 소금으로 절여도 시들지 않는 기억 위로 김밥과 사이다를 든 친구들이 겹친다 불국사 수학여행 가던 날, 나는 동생을 업고 찌그러진 노란 주전자 들고 뒷골로 새참 배달 갔다 내 머리칼 잡아당기는 동생을 엉덩이 받치고 있던 손으로 한대 쥐어박았더니 버려진 오후가 앙앙 울었다 우는 동생을 앞으로 휙 돌려 주전자를 입에다 들이댔다 도랑물 소리로 뱃구레가 꾸룩거리더니 이내 잠이 들고 술찌끼 먹은 나는 구름에 걸려 넘어졌다

구절초가 까딱까딱 졸고 있는 사진 밖의 사진이 어쩌자고 자꾸 끼어드는지

* 양성철 사진작가 회고전 중 초창기의 연작 제목(1970~1990년대).

눈 내리는 날

눈이 내리는데 그가 왜 떠오르는지, 중학교 3학년 때 전근 온 수학 샘이 생각만 해도 좋았다 무시로 가심이 콩닥거리가 옆 짝지가 들으까 봐 손바대기로 꾸욱 누질렀다 차마이 비예고 싶어가 수학 공부만 쌔가 빠졌고 알면서도 모리는 척 고요한 호수에 돌삐이 던지듯 툭툭 질문하곤 했지 우짜다가 마주친 눈길엔 돈 없어 몬 사 묵은 칠성사이다를 마신 듯 화했다 옆자리 애 연애편지 대필해 주고 받은 자두 두 개를 드리고 싶어서 갯주미에 넣어 댕깄다 기회를 엿보메 시간이 좀 흘렀나 싶었는데 자두가 울었는지 교복에 축축한 얼룩이 번지기도 했다 입수불에 엄마가 바리던 구찌 배니를 살짝 바린 거는 끝내 눈치채지 못했겠지 비 온 뒤에 반질거리는 자스민 이퍼리 거튼 멀끄디까지도 좋았다 그런 그가 내 담임 샘과 갤혼을 한다는 소무이 돌아댕깄다

더 기맥히는 거는 담임 샘이 반에서 뜨개질 잘하는 가시나들 매키 방과 후에 남아라 캐가 혼수로 가주고 갈 자부동, 식탁보를 뜨라고 한 일! 나의 허전하고 아린

속내도 모리고 신혼집을 뀌밀 것들을 뜨라고 하다니 아! 낯째기 찡거리 부치가 주디 빼물고 한 코 한 코 뜰라카이 부글거리는 내 속을 확 디비시 놓은 담임 샘이 엄청시리 미깔시럽었다 한 코 한 코 뜰 때마다 코바늘로 콕콕 찌리고 싶었다 안 그라머 미쳐 버릴 것 같았다 일부러 한 코썩 빼묵고 떴는데 더 살아 있는 느낌이 든다 카메 입이 귀에 걸린 거 보니 복장이 확 디비지는 기라 담임 샘께 반항하니라꼬 가정 시험지도 깔깔한 백지로 내뿌고 쩔룩거리던 그날맹크로 배끝에는 아작아작 눈이 온다 민경에 비친 그녀의 낯째기맹크로 수학 샘도 담임 샘도 인자는 갱죽거치 다 늙어뿌겠다 카메 펄펄 누이 내린다

창자거치 미끌거리는 질가새로 사투리처럼 구불러 댕기는 돌삐도 착하게 지키보고 있을까, 어쩔까

불알고

투병 중인 엄마, "다리에 힘만 있으믄 살겠구마는" 혼
잣말하시길래 동네방네 소문내 산삼을 구해다 드렸다
그 말이지, 한데 그 산삼이 남동생 입에 들어갔더란 소
문

남근이 그리 좋다니
이참에 불알이나 하나 구해 봐?

목욕재계 후, 암퇘지 불알도 있더란 귀띔에 다이소로
갔으나 새빨간 거짓말, 혹시 삼복더위에 급매물로 나올
지도 몰라 당근마켓에도 기웃기웃, 염주 알 굴리듯 매일
도는 사일뭇* 담보 대출해서 가격은 달라는 대로 줘야
지 맘먹고 있는데

근데 그거 달고 내가 나타나면 울 엄마 뭐라 카실지

외할매도 울 엄마 낳고 싸늘한 윗목으로 밀쳐냈다가
사흘이 지나도 죽지 않자 할 수 없으니 키우자고 했다는

데 엄마, 그 불안한 윗목에서 불알, 불알 염불했을까?

다시 태어나면 벌레가 되더라도 수놈이 되겠다던 고모, 주야장천 대를 이어 내려오는 불알교의 탱탱한 신심은 도대체 어디서 나오는지, 억장 무너지는 내 기도 매일 받아먹는 사일못 물귀신님은 아실까?

* 경북 영천 금호에 있는 저수지. 나당연합군의 식수를 제공하려고 사흘 만에 만들어서 '사흘 못'이라 하다가 '사일못'이란 이름으로 바뀌었다 함.

통학길

중학교까지 사일못을 끼고
시오리를 걸어 다녔다
어쩌다 트럭이라도 보이면
친구들과 길을 막고 손을 흔들었다
마지못해 트럭이 멈추면
피난민처럼 필사적으로 뒤 칸으로 올라탔다

동개동개 쌓인 벽돌과 시멘트 포대와
삽자루와 함께 흔들리며 깔깔대며
즐거웠다 휙휙 지나가는 아카시아 향을
따라오던 황톳빛 흙길은
뒤로 물러났고 태양은 끝까지 따라왔다

가끔 멈추지 않고
흙먼지만 남겨 두고 달아난 트럭 골려 주려고
아카시아 가시를
길 한복판에 일렬로 꼭꼭 묻어 두었다
아카시아잎 줄기로 머리를 돌돌 감으며

야트막한 언덕에 숨어서
그 트럭이 돌아오기만을 기다렸다

금호장에 갔다 오던 자야 엄마가
몸을 숙이며 "아이고 머시 따끔하노" 하는데
지켜보고 있던 흰 구름도 자라목이 되어
사일못으로
풍덩풍덩 뛰어들곤 했다

삼천리자전거

　종횡무진 달리고 싶었다 아버지 몰래 자전거를 모시고 간 못둑, 디딤돌을 디디고서야 열 살을 안장에 앉힐 수 있었다 이발소 의자에 걸친 널빤지 위 눈높이처럼 안장 위에서 바라본 세상은 히잉, 히잉 말 울음소리로 가득했다 은륜이 있는 것들은 달리는 힘이 숨어 있다지 페달에 닿지 않는 발을 날개처럼 펼친 채 브레이크 쥔 손을 탁 풀었다 이랴, 자전거가 조금씩 움직이더니

　비틀대다가 히잉! 뒤집어진 하늘

　풀밭에 누워 올려다본 하늘은 깊은 바다였다 아른거리는 토끼풀 사이 구름의 지느러미가 옆구리에 돋았다

　어젯밤, 어디로든 데려다줄 것 같았던 네 꿈을 꾸었다

　어디론가 달려가던 한 철이 있었다

　이제 그만 헤어져…… 그래? 그래! 핸들 놓았을 때처럼 나동그라졌던 첫사랑, 연습도 면허도 없었으므로 아픔 저 혼자 씽씽씽 질주했다

방둑 아래로 꼬라박혀서도 돌고 있는 바퀴처럼 말아
쥔 눈에서 눈물이 피잉 돌았다 눈물 훔치며 일어난 햇
살이 낮잠 든 풀밭을 흔들어 깨웠다 꾸다가 만 꿈이 툭
털고 일어나 다그닥거리는 초여름 부근이었다 히잉!

두 손을 포개어

설거지는 기도입니다
밥은 한 손으로 먹지만
설거지는 두 손으로 합니다
온갖 소망들 담그고 있는 설거지통이
복잡한 내 마음 같습니다

손에 수세미 들면 모든 게
설거짓거리로 보입니다
수저와 접시와 식판,
알알샅샅 문질러 물로 씻어 내리며

덩어리째 식도와 기도가 막혀서
이른 나이에 죽은
그 사람 생각합니다

너무 이른 설거지는 하다 만 기도 같아서

설거지통 같은 내 마음이

개수대를 한 바퀴 휘돌아
배수관을 쿨럭쿨럭 빠져나갑니다
떠내려가는 콩나물에서
뎅뎅 종소리가 납니다

두 손을 포개어
합장하듯 걸어 둡니다

죽은 소의 뿔을 만지다

내 손바닥에 주검이 오셨다
국밥집에서 주위 왔다는
반으로 타개 놓은 소머리 해골
우뚝한 외뿔이 당장이라도 덤벼들 듯 보이지만
움푹 들어간 눈자위
지금, 죽음은 죽음에 몰입해 있다
다정다감하지 않지만
이래라저래라 훈수 두지 않는 해골이 나는 좋다
불안도 우울도 웃음도 없는
죽음의 주성분은 무엇일까

살아 있을 때 죽어야 죽을 때 죽지 않는다고
누군가 그랬지만
내 속엔 날마다 뿔이 자란다
온 힘 다해 받개질하고 싶은데
죽순 같은 뿔 속으로 하루가 저문다
저녁이 환해서
이래저래 또 뿔이 솟는다

참, 칠칠치 못한 울화의 뿌리,

설마 내가?

맨발

못둑길 걷는 저 여자
하얀 맨발이다
함께 걷는 강아지도 맨발이다

스무 살 나이에 사내 알아
툭하면 가출하던 이웃집 연자 언니
맨발로 뛰쳐나가는 일 많았다

'니 죽고 나 죽자'던 죽장 아지매
치렁치렁한 머리칼 숭덩숭덩 자르고 가둬 놓으면
어느 틈에
창문 타 넘어 달아나던 연자 언니

밀가루 포대 뜯어
맨발 싸매고 다닌다는 염문 퍼지더니
국수 공장 다닌다는 소문이
온 마을에 폴폴 날아들기도 했다

어떤 집중 어떤 절실함이 있어
맨발을 마다하지 않았을까
동네방네 무성했던 소문처럼
아재 아지매 무덤에 풀은 무성한데

오랜만에 참석한 화수회 때
반갑게 손잡는 연자 언니,
하얀 맨발이 머리로 올라가 있었다
옆에 선 사람,
물론
맨발로 달려가던 그 짝이 아니었다

소

　1961년 신축년, 외양간 한 모퉁이에서 그녀는 태어났
소 할머니는 늘 모티야라고 불렀소 별난 것 없이 구유처
럼 두루뭉술 자라났소 씩씩한 앞니로 우직하게 풀만 사
랑하였소

　평생 집 한 채 없이 살다 예순한 그릇째 미역국 먹는
날, 청사진도 없는 여섯 평 외양간을 겨우 신축하였소
비로소 꼴난 재산세도 내어 봤소 특별세로 새치를 한 움
큼 뽑아서 성실 납부 하였소

　영수증은 입 벌린 주머니에 욱여넣었소 솔솔 부는 봄
바람에 커다란 눈꺼풀이 끔벅끔벅 나른하였소 욱여넣
은 영수증 도로 게워내 오물오물 되새김질했소

　차마 삼키지 못한 서러움을 질질 흘리더라도 오늘은
좀 봐주소, 워낭이 두둔했소

　난데없이 뎅그렁뎅그렁 초인종 소리가 났소 집 구경

48

왔다는 얼룩빼기 황소가 다소 귀찮았소 하지만 안 그런
척했소 서둘러 끓이는 커피에서 쇠죽 냄새가 났소 음매,
음매 참 괜찮은 예순한 살 생일이었소

시계초

엄마, 누에고치 팔아서 진짜 시계 하나 사 주면 안 돼? 윗마을 자야도 있고 계순이도 있다 카이…

엄마는 부릅뜬 눈으로, "와? 손모가지가 머라 카더나?"

누에가 숨 쉬는 하얀 방에 누워 잠든 척했다 점점 야위어 가는 뽕잎을 째깍거리는 벽시계가 토닥여 주었다 먼 나라에서 온 친구와 함께 시곗바늘을 타고 은하까지 갔다 온 꿈을 꾼 날은 비가 왔다

뜨거운 손목을 꺾어 우산처럼 들고 시계 반대 방향으로 돌아다녔다 초침 소리를 이슬밭처럼 밟고 누군가 째깍째깍 걸어오는 소리 들렸다

꿈
—불설비유경佛說譬喩經

　길 가던 여인 앞에 갑자기 코끼리가 괴성을 지르며 다가왔다 숨을 곳 찾아 헤매던 여인은 우물을 발견했다 휘늘어진 칡넝쿨을 잡고 내려가 우물 속에 숨어들었다 한숨 돌린 여인, 무심코 바닥을 보았다

　오래된 우물이라 물이 바싹 말랐고 독사들이 우글거렸다 하지만 우물 밖은 코끼리가 배회하고 있어서 일단 칡넝쿨을 붙잡고 버텨야만 했다

　어디선가 달콤한 꿀 향기가 났다 자신이 붙잡고 있던 칡꽃에서 나는 향기였다 여인은 눈을 감고 향기를 음미했다

　흠, 흠……

　그사이 어디선가 나타난 흰 쥐와 검은 쥐, 여인이 붙잡고 있는 칡넝쿨을 열심히 갉아댔다 하지만 여인은 그런 위급한 상황은 까맣게 잊은 채 향기에 흠뻑 취했다

　꿈의 향기가 지독했다

천축잉어

　천축잉어라는 물고기가 있어요 혜초 스님이 다녀온 그 천축일까 아닐까 모르겠지만 그 잉어 수컷은 자궁이 있다네요 웃기지 마세요 수컷이 자궁이 어디 있냐고요 암놈이 알을 낳으면 얼른 그 알을 입에 담아 부화시킨다고 해요 아기 포대기를 앞으로 안은 캥거루 같은 아빠들, 그림자도 없는 자궁은 캄캄해요

　그 수컷들 알을 한입 가득 물고 얼마나 노심초사할까요 새를 손에 쥐듯이 입을 꼭 다물고 부화하기를 기다리는 수컷들, 몹쓸 허기가 눈치 없이 찾아와도 최선을 다해 참아야 해요 알은 알을 견디고 입은 입을 견뎌요 자궁마다 부화하지 못한 알들이 안과 밖을 견디고 있어요

　'아버지 날 낳으시고 어머니 날 기르시니'란 말은 수정이 되어야 해요 육아에 전념하는 조카에게 찾아온 이목구비 뚜렷한 주부습진도 수정이 되어야 해요 아이는 "아빠, 아빠" 부르며 울어요 참 웃기는 세상, 가끔 악몽을 꾸기도 하지요 자궁이 열릴 때까지 웃지도 못하네요 아

이는 보살펴야 할 손님이에요 모든 것은 자궁에서 나와
요 아귀가 맞지 않은가요 제발 좀 웃기지 마세요 자궁
을 꽉 다물고 어둠을 견뎌내야 건너편의 빛을 볼 수 있
다니까요

어느 날

천적 만난 장끼는 덤불에 머리 처박고
엉덩이를 하늘 쪽으로 높이 올려 숨는다지
숨어도 다 숨지 못하는 꿩처럼

외면이 먼저 인사를 하는 자리

훌훌 걷어낼 수 없는 저 외면을 여백이라 할 수 있을
까?
이해관계로 얽힌 법정도 아닌데,
불편한 마음 둘 데가 없다

그래, 외등은 외로워서 환할까

운명 교향곡이 쾅쾅쾅콰아앙⋯⋯
따뜻하구나

모든 게 변한다는 사실만 안 변하는 세상
뜨거운 외면의 한끝을 물고

꿩 한 마리 푸드득 날아오른다

3부

비는 누구의 팔에 이끌려

여기까지 왔을까요

풍경

못둑길에 산딸기, 볼이 쏘옥 들어가도록 빨아 당긴
담뱃불 같다

길 가던 노부부가 신기한 듯 들여다보는 산딸기, 할아
버지가 풀숲 헤치며 성냥불 긋듯 미끄러져 들어가 "오
만 손길이 다 댕기갔네" 하나씩 따 모은다

오므린 손바닥에 따 모은 산딸기, 바알간 불덩이를 할
머니 입으로 하나씩 밀어 넣어 주며 "맛이 어떻노, 어떻
노?"
할머니 볼 발갛게 불붙어 탄내가 솔솔 난다

반반半半

    수술대 위에서 새우처럼 웅크리고 척추에 마취 주사 맞을 때,
    허리 부근에서 삶과 죽음이 만나
    참 어색하게 "처음 뵙겠습니다" 서로 인사했을까?

    "환자분? 머리 들면 안 돼요 절대로 들지 마세요" 내 이마를 꾸욱 누른다

    "닥터 박, 주말인데 시원한 맥주 한잔해야지?"
    "예! 안주는 양념 반, 프라이드 반이 좋겠지요?"

    꼴깍! 침 넘어가는 소리 그들이 들었을 확률 반반

    "저번 운동 때 말이야, 반반공 참 좋더라" 혼잣말처럼 중얼중얼,
    "형광색과 오렌지색 절반씩 칠한 그거예?"
    "응"

그러니까 반반은,

앞에서 읽어도, 뒤에서 읽어도, 참 반반한 반반

반생반사인 나를 들여다보던 무영등이 소리도 없이
죽는다

나는 짬짜면이 먹고 싶다

풍각 소머리국밥집

청도 비슬산 자락에 앉은 풍각마을 장터거리 소머리
국밥 아지매 인심도 풍성해 양념 다대기가 수북한 꽃,
카네이션 닮았다

푹, 꽂아 준 숟가락은 죽은 엄마를 부르기에 충분한
각도

거기 미안함이 흥건하다

물기 번진 눈 둘러보니 아니나 다를까 70년대풍이다

파리똥 앉은 판넬 벽에 매달린 선풍기 상모 돌아가듯
뱅글뱅글 돌고, 먼지 낀 액자 속엔 '미스 대구 진' 어깨띠
두른 수영복이 걸어 나올 듯한데 춘하추동 복 들어오
라는 주련이 눈길 막아선다

창틀에 걸린 풍년 종묘상 달력엔 흰 저고리에 붉은
치마와 초록 치마 두 여인이 오월과 유월을 깔고 앉았다

엘지 냉장고에 커다랗게 써 붙인 '카드 X, 단말기 없음,
계좌 이체 X'를 길 건너 '그믐 술청 골목 포차'가 힐끔힐
끔 곁눈질로 읽고 가는

풍각 소머리국밥집 오후 나절

뚝배기에 아주 잠깐, 아주 오래, 허기 후벼 파는 엄마
생각이 고봉이다

숨 쉬는 전화

요양원에서 전화가 왔다

그 집의 전화는 벨 소리부터 숨이 가빠 놀라기 마련
인데

"우크라이나 전쟁은 전쟁도 아닙니다 보호자님, 어르
신 코로나 확진되셨어요 응급차를 불러도 한나절이나
지나서 오고요 용케 응급차를 탄다 해도 갈 데가 없어
요"

따다다다, 따다다다……

따발총도 숨이 가쁜지 잠시 한 박자 쉰다

"그래서 드리는 말씀인데요 응급 상황이 오더라도 심
폐소생술 안 합니다 여기 보호자의 동의가 필요합니다"

내뱉지도 삼키지도 못한 말 어정쩡한데 세상은 왜 이
분법으로 숨 쉬는지

예와아니오들숨과날숨미와추흑과백좌와우……

나는 지금 동의와 동의 안 함 사이에서

참, 숨이 가쁜데 말이다

우산고로쇠나무

말라붙은 젖꼭지와
배꼽 사이에 구멍 뚫어
비닐 호스를 심었다
긴 탯줄 같다

갓 태어난 비닐 주머니가
젖을 빨고 있다
울퉁불퉁 꿰맨 자국 위에
담즙 꽃이 피었다

물풍선 같은 아침 해가 뜨면
비닐장갑을 낀 간호사가
수액을 데리고 가서 몸무게를 잰다

오늘은 고로쇠나무가 낮달을 꿰뚫었는지
우산도 없이
무른 몸의 마려움 밀어내며
여인의 단벌 검버섯이

고요히 젖는다

느닷없이

닫아 둔 미닫이가 소리 없이 열리듯
그리움 말기 진단을 받았습니다

말귀를 못 알아들은 척해도
말기라는 말

풀어야 할 문제가 한참 남았는데
등골 써늘하게 치맛말기만 매만집니다

토닥이며 쓸 날이 얼마나 남았을까요
백지 위로 우수수 떨어지는
푸른 기억들

나뭇가지에 앉았던 새가 날듯
바닥에 닿음은
또 다른 비상일까

뒷덜미에 몰래 집어넣은

얼음 조각 같은

겨울비, 겨울비

호스피스병동역

침대칸만 있는 열차,
화장기 하나 없는 얼굴이 시동을 건다
단속이 느슨한 틈을 타
거뭇거뭇 숨어든 검버섯은 무임승차다

점점 헐거워지는 틀니가 받쳐 주는 저 승객을
어느 역에다 부리면
벌어진 밤송이처럼 환하게 웃을까

덜컥 저승사자가 검표원처럼 언제 들이닥칠지 모르
는
만성 불안증 환자들
역무원의 눈빛도
구겨 버린 승차권처럼 풀이 죽었다

이 역驛에서는 역逆으로 살자 해도
쉰 소리로 들끓는
투병과 간병 사이,

더 머물기도,
허둥지둥 내려 버리기도 마땅찮은 작은 간이역,
경적인 듯 울어대는 신음 소리만 살이 올라 통통한

도착과 출발 사이,
또다시 뿌리째 기운 가을이 탑승한다
저녁노을을 다 실었으므로
열차의 속도는 덜컹덜컹 최대한 느리다

코스모스 한 포기 없는
호스피스병동역

시도 때도 없이 굿모닝! 굿모닝!
—문인수 시 「굿모닝」에 부쳐

지난 이월에 어머니 돌아가시고
한 달 뒤 낯선 번호로 전화가 왔다
낯선 것에도 나름 냄새가 있어 대문 열듯이 전화를
열었다

"문인수 씨 와이프입니다"

"쿵!" 사모님 허락받지 않고 돌 주우러 간 걸 따지려고
전화하셨나?

"어머님 돌아가셨지요, 그 슬픔 어이 감당하셨어요
많이 늦었지만 조의금 조금 보낼게요"
지아비 떠나보내고 설거지할 게 있을까 싶어
수소문했단다

췌장암 말기란 소문 떠돈 지 한참 됐는데,
설거지 마친 후 한 달 뒤 지아비 곁으로 가셨단다

달려가 굿모닝! 하셨을까 시도 때도 없이
굿모닝 던지며 금슬 좋았던 부부

살던 마당까지 깨끗이 치우고 떠난 자리에
물로 씻은 돌 앉혀 놓고
나도 따라 해 본다
시도 때도 없이, 굿모닝! 굿모닝!

반은 보이고 반은 보이지 않았네

꿈인지 생시인지 비익조 따라 천 리를 날아갔네 구름은 달려도 하늘은 움직이지 않았네 할머니 심부름 왔다는 비익조, 나를 데려간 곳에 연리지와 비목어가 반겨주었네

비익조와 연리지, 비목어는 한 형제라 했네 눈 없이도 볼 수 있는 것이 있어 나는 할머니를 보았던가? 익히 알고 지낸 사람들은 먼 곳일수록 더 자세히 보인다 했던가? 우리는 푸른 산과 검은 시냇물에서 물방울 튀기며 첨벙첨벙 놀았네

할머니 야윈 손가락이 가리키는 서쪽 하늘가, 둥근달이 반은 보이고 반은 보이지 않았네 어디선가 둥둥둥 북소리 들려 놀라 깨어 보니 왼쪽 눈에 안대를 한 낯선 내가 누워 있네
여전히 너는 보이지 않고

플라타너스는 얼마나 좋을까요

왼쪽 눈 안대한 채, 오른손으로 링거 폴대 끌고 왼손
으론 식판 든 채 걸으며 팔 하나 더 있었으면 하는 생각
으로 종종거렸지요

정부 예산에 예비비 있고 자동차에도 예비 타이어가
있다는데, 천수천안은 아니더라도 셀카봉이나 잠자리
채 같은 팔 하나쯤 준비해 두는 일 고민해 봅니다

꽃나무가 즐비한 숲속 피아니스트의 두 손이 건반 위
를 춤추는데, 팔뚝에서 돋아난 셋째 손이 악보 넘겨 주
는 꿈 꾸었습니다 "브라보! 브라보!"를 외치다 깬 새벽, 비
가 내렸어요

비는 누구의 팔에 이끌려 여기까지 왔을까요 왼팔을
펼치면 오른쪽 어깨가 젖고, 오른팔을 펼치면 왼쪽 어깨
가 젖어 버리는 이 어처구니, 팔이 여럿인 플라타너스는
얼마나 좋을까요?

부고를 받고

'이○○ 시인 별세, 코로나로 조문 사절'

펑펑 내리는 저 눈발에 뛰어든
부고는
그이의 유고遺稿였을까요
도무지 믿기지 않은 그 부음,
떫은 땡감 베어 문 듯 생목 올라

'서하 시인 사망, 코로나로 조문 사절'

나의 유작을 중얼거려 봅니다
이승을 벗듯이 옷가지 벗고
뚜껑 없는 관곽으로 들어가 누우니
죽음이 빙 둘러쌉니다

비수같이 등짝에 꽂혔던 문장에
나도 잊어버린 내 이름을
부르던 목소리가 턱밑까지 차오릅니다

죽음도 숨을 쉬는지
추깃물이 뽀글거립니다

혼자 쓰는 죽음이 점점 빼곡해집니다

오래 만지던 죽음이 한눈파는 사이,
잘 씻은 알몸의 주검이
벌떡 일어나 길고도 짧은 유작에
방점을 꾹 찍습니다

불량과 반칙과 변덕을

낮밤 술만 찾던 아부지
술 없는 고향마을 요양원에 계신다

노름판에 코 빠졌던 아부지
틈나면 화투짐이라도 쳐야 했던,
밥알 씹으며 얘기하면 회초리 들던,
여름날 반바지 입은 내게
"와 천 쪼가리가 모지래더나" 호통치던,
딸자식 대신 장조카를 더 살피며 챙겼던,
이제사 "내 미쑤다 내 미쑤여" 가슴 치는,
엄마 고향 산에 가신 줄 모르고
"느그 어메는 좀 어떻노" 하는,
"니, 돈 있으며 소주 한 병 값만 빌려주라"는

불량과
반칙과
변덕을 둘둘 말았던 멍석 같은 아부지
고향마을 요양원 2호실이 고향인 줄 아는

아부지,

배불리 먹고, 정붙이고 사는 곳이 고향이래요*

단풍이 옷 갈아입을 때

　그 집 정원 청공작단풍은 언제 옷 갈아입었을까 만물이 다 잠든 캄캄한 밤일까 한 치 앞이 안 보이는 밤중에 갈아입어도 단춧구멍 하나 어긋남 없는 걸 보면 틀림없이 누가 몰래 와서 도와준 게 아닐까 싶은데

　저 핏빛의 옷은 누가 지었을까 피의 재봉틀과 피의 실과 바늘, 벗은 초록 정장은 어디다 걸어 두었을까

　등산 갈 때, 슈퍼 갈 때, 문상 갈 때, 잔치 갈 때 시시때때로 옷 갈아입는 그 집 청공작단풍나무, 그 변덕에 눈병 걸린 귀뚜라미 소리는 어디로 숨었을까 핏물 번진 구름도 두 눈 지그시 감으며 못 본 척해 주었을까, 피 얼룩 묻은 옷가지

4부
맨발의 물총새처럼

로드킬

검은 고양이 한 마리가 버려진 걸레처럼 누웠다

저 죽음, 날것이다

가족인지 연인인지 흰 고양이 한 마리 다가오더니
코를 연신 킁킁댄다

언제 부음이 갔는지
몇 마리의 고양이가 와서
코로 주검을 어루만진다

맨발로 뛰어나온
울음이 부글부글 부푼다

어둠이 파도치는
입관과 하관 사이
주검이 길을 꽉 물고 있다

미끄럼틀은 미끄러지지 않고

휴일 아침, 고가 사다리가 쑥쑥 올라오더니 이십 층에 턱, 기댄다 구름의 나라 미끄럼틀 같다 내려가는 엘지 냉장고와 서랍장이, 잎 넓은 고무나무와 새들새들한 산세베리아가, 벽 타고 흘러내리는 빗물처럼 순식간에, 뒤돌아보지도 않고, 거짓말처럼 한달음에 미끄러지는 것이, 비닐포대 한 장 깔고 앉아 눈 쌓인 언덕을 타고 내려갈 때처럼 아슬하다

언젠가 이십 층 새댁이 '우리 아이가 뛰더라도 이해를 좀 해 주시어요'라며 손수 구워 온 빵 상자 속에 넣은 손편지 갓 구운 과자같이 따스해 서른세 평 소음 머리에 인 채 그저 읍손했는데 무럭무럭 자란 계절이, 고등어 굽는 고소한 냄새가, 일월화수목금토가, 저렇듯 미끄럼틀 타고

층층이 스치며 어디로 미끄러져 가는지
바나나 껍질 밟아 미끄러진 듯 나는 왜 난감해지는지

미끄럼틀은 미끄러지지 않고, 막 도착한 이십 층을 덥석 받아 안은 저 바닥, 언젠가 나를 받아 안을 땅바닥이 길게 눕는다

지슬못

굴참나무 개가죽나무 아까시나무 소나무 잣나무가
초록 난필로 뭔가를 쓰는 최정산 뒷자락, 긴 문장 속 쉼
표 같은 지슬못이 숨 쉬고 있다

숙제 같은 일상은 상수리나무에 처억 걸쳐 두고, 눈
망울 또렷또렷한 돌멩이 베고 누워 옛 애인 생각도 한
움큼 해 보고, 낮달을 끌고 가는 개미와 팔씨름도 한 판
하고, 주눅 들지 않은 내 방귀 소리 싱싱하게 날려 보내
며, 무더기로 피어 하늘거리는 망초꽃에게 와락 속마음
들키고 싶은, 물비늘과 종일 뒹굴며 푹신 젖어 버리고 싶
은,

말할 수 없는 비밀 같은 지슬못이 내 이마에 손 얹을
때, 그 손목 맑고 투명해서, 한 박자 쉬어서, 지글지글 철
이 든 정적에는 투덜대던 무릎도 쉼표를 찍는다

구간 단속 중

난생처음 가출, 땅끝으로 가요

제한 속도 100, 마음은 속도의 눈치를 살피며 '구간 단속 중'을 '구강 단속 중'이라 읽어요 달뜬 발끝이 누르는 계기판의 터질 듯한 속도여 줄여라, 줄여라, 더 줄여라 다그치는 구강이에요

그래요, 늘 속도가 문제였지요 친구들보다 먼저 불거진 젖가슴 때문에 입 다물었던 기억, 열아홉 살 강남이 오빠가 뒷머리 벅벅 긁으며 "샘요, 우리 아 돌잔치 가야 돼요 조퇴 좀 해 주이소" 말하려다 차마 말하지 못한 죗값으로 평생을 마누라에게 잡혀 속없이 산대요

남의 속도 모르는 무정한 속도, 잘못 쓰면 세월을 베는 칼, 세상에나 쓰러진 사람들의 꽉 다문 무덤들이 차창 밖으로 휙휙 지나가요

거꾸리

카자흐스탄에는 거꾸로 자라는 가문비나무가 있다
는데

체육공원 거꾸리에 누워 올려다본 하늘에 물고기처
럼 파닥이는 신갈나무 잎, 하얀 구름 사이로 언뜻언뜻
보이는 푸른 연못

나무늘보처럼 거꾸로 매달려 땅과 더 가까워진 머리
는 발이 되고, 높이 뜬 발이 머리가 되더라 칠십 세 노인
이 십칠 세 소년이 되고, 엄마는 죽은 듯이 살아 있고 아
버지는 살아 있는 듯이 죽었다고 중얼거리는

아가미를 떼었어도 눈 감지 않는 물고기처럼 더 가파
르게 기울어져 볼까 사우나실 모래시계처럼 세상을 홀
렁 뒤집는다

저쪽과 이쪽을 뒤바꾸듯이, 무너질 것 같은 역경도
경력이 되는 거꾸리, 거기 달라붙어 자라는 거머리 같

은 그늘은 그냥 덤이래!

정말 그럴까

하루살이가 아침 일곱 시에 죽으면 요절일까

공空도 공하다는데 깨진 거울은 여전히 거울일까

"니가 하는 일이 그렇지 뭐" 누군가의 모욕으로 뾰로
통해질 때,

그의 등 뒤로 펼쳐진 푸른 하늘도 뾰로통할까

눈먼 말을 태운 말은 등불을 켜 들까

보는 시각이 바뀌면 고질병도 고칠 병이 될까

코끼리를 삼킨 보아뱀은 코가 길어질까

13월엔 펭귄도 날아오를까

도끼날에 떨어진 눈에서 피가 날까

낮달은 잘못 든 길 끝까지 갈까

다리가 두 개인데도 혼자 서지 못하는 사다리는 사달
이 난 걸까

고모보다 이모라는 세상은 가나다라 역순일까

사랑 나누면 커질까

정말 그럴까

말할 수 있는 비밀

낯잠 한숨 자고 일어나 아침인 줄 알고 학교 갔던 일

감자볶음 하면서 설탕을 소금으로 잘못 알고 저지른 일

방울토마토 먹으면서 토마토는 버리고 꼭지를 입에 넣었던 일

마른 제피 다듬으면서 껍데기는 버리고 알맹이만 모아 두었던 일

전화 통화 하면서 전화 찾던 일

입은 팬티 세탁기에 던져 넣고 깜빡! 노팬티로 옥상에 빨래 널러 갔던 일

순간순간 어색하고 낯설었던 일……

말할 수 있는 비밀은

비밀도 아니어서

분리수거함에 모인 비닐처럼

속이 훤히 다 들여다보이는

비밀이 비밀이기를 포기할 때

드디어 바다는 바다가 된다*

* 사이토 마리코의 시 「하구」에서 빌림.

입추

불 꺼진 윗목, 콩나물시루에 흘러내리는 물소리처럼

밥물 끓는 것처럼

맨발의 물총새처럼

쉼 없이 안달 난 강물처럼

산이 늘 푸른 파도로 출렁이는 것처럼

늙은 여치 소리가 파래지는 것처럼

벼 자라는 소리 듣고 매미가 우는 것처럼

낮달이 손수건을 꺼내 흔드는 것처럼

머리 풀던 저녁연기가 잠시 망설이는 것처럼

더운데 덥지 않은 것처럼

단추를 채우는 입추다

정 기사는 버스를 몬다

　버스가 목적지에 도착하자 서둘러 승객들이 내립니다 새벽에 길 떠나 늦은 밤에 돌아온 늙은 버스는 그렁 그렁 숨 몰아쉬는데, 뒤를 힐끗 돌아본 정 기사 큰소리로 통화합니다

　"얼매나 바쁘든동 빤스도 몬 갈아입고 나왔대이 손님들 다 내리고 인자 갈아입었다 안 그래도 꿉꿉한데 바닷바람 종일 쐬었으니 을매나 찝찝했겠노 하하하 있자나 차돌이 삼십 년에 이런 팀 첨 본대이 이른 아침에 시인들이라캄쓰 모자를 빼따그리하이 씨고 올라타는데 종일 분위기가 착 까라안자 있더라고 근데 돌아올 땐 차 발통 찌그러지까바 무섭더라 하하하 으으, 듣도 보도 못한 고상한 이름 붙은 갤러리 돌아댕기더니 저녁 묵으면서 소주 한 꼬뿌 한 거 같더라 가무음주 카메라 찍힌다고 아무리 캐도 소용없더라고 시인이나 아지매나 한 꼬뿌 들어가믄 똑같이 되는 기라 암만 그래야 사람 이제 우쨌든 일당 벌고 팁 십마넌 찔러 받았으니 한잔 걸쳐야 되잖겠나 오야오야 낼 또 통기하자 끄윽" 거침없

96

는 트림으로 마무리합니다

　굵은 목청, 신호 무시 중앙선 무시 거칠 것 없는 거침
으로 고속도로를 질주한 정 기사 빤스 갈아입을 새도 없
이 바쁘게 챙겨야 할 가솔이 있다는 것일까요

　짧은 스포츠머리 뒤통수만 보이는 정 기사, 정만 많을
까요

　핸들 짚고 일어서며 마스크 확 내리는데
　아뿔싸,
　마스크 아래 입술이 여리여리한 동백꽃 숭어리 같습
니다

탁족

너무 멀지도 가깝지도 않게
징검돌이 엎드려 있다

함양 상림숲 실개울에
몸 담근 징검돌 깔고 앉아
부질없는 고집을 무릎 위로 걷어 올리면
민낯의 발등을 토닥이는 그늘

그늘의 속엣말 꺼낼 듯 말 듯
물길이 망설일 때

숲이 뭉텅,
통째로 꽂혀
귀 기울이는 상림숲

참 간절히,
최선을 다해
징검돌이 뛰엄뛰엄

말문을 연다

추분

침묵으로 말하던
내 눈빛도 점점 마르는
가을이 왔다 콩꼬투리
벌어지는 소리로
안달하지 않아도
한나절이면 마르는 빨래에도
나름의 길이 있다
양말은 양말의 길
브래지어는 브래지어의 길
수건은 수건의 길
각자 맡은 배역을 짊어진 추분
허공은 무엇으로 충분하기에
젖은 것은 말리고 마른 것은
또 적시는지
빨래를 개며 나를 갠다

긴 팔을 접고
뱃구레를 반으로 접으며

밤도 낮도 반으로 접는다
천지 분간 못 할 내 축축함은
언제나 마를지
말려서 마르면 눈물이 아니겠지
슬픔에 무심하자 해도
또 젖게 마련이어서
축축한 것 뒤에는
더 축축한 게 서 있다

목이 긴 남자 양말
한 짝이 없다 세탁기를
다시 들여다봐도
빨랫줄에 가 봐도 안 보인다

오늘이 추분인 줄도 모르고
동해로 헤엄쳐 갔을까
눈물 고래 한 마리

웃는 수레

할머니는 알까
수레가 무거울수록 마음 가벼워진다는 걸

큰 상자 위에 작은 상자
차곡차곡 쌓는다
벌어진 틈으로 아픈 무릎도 끼워 넣는다

부산 수영구 망미중학교 앞
교문 나오던 남녀 학생 여럿이
순식간에
무슨 자석처럼 모여들었다

검정색 롱 패딩 여러 벌이 굴리는
이 느닷없는 배려에
할머니 멈칫, 멈칫하다 손들고 만다

달리던 자동차가 숨죽이며
폐지 탑 앞에 서고

오르막길도 내리막길도
함께 허리를 폈다

여럿이 수레를 굴리는
이 풍경이

진짜 길이다

지금 거신 번호는 없는 번호입니다

　매일 아침저녁으로 전화하던 엄마의 부지런함이 하늘나라에 간다고 해서 달라질까?

　혹시나 해서 엄마를 삭제하지 않았다 아침저녁은 아니더라도 이틀에 한 번, 아니 일주일에 한 번, 그도 아니면 한 달에 한 번이라도 걸어 주겠지 했는데 무소식이다

　많이 바쁘신가? 무슨 일 있으신가? 하늘엔 은행이 없어서 요금 체납? 충전기가 없어서 방전? '사랑하는 어무이'를 꾹 누른다 줄줄이 따라 나오는 010-3509-0000

　"지금 거신 번호는 없는 번호입니다 다시 확인하신 후 걸어 주십시오"

　아주 새파란 목소리다 그새 젊어지셨나?
　빤히 있는데 없단다 있는 게 있는 게 아니고 없는 게 없는 것 아닐까 불퇴전의 허기만 남고 사라져 버린 단골 식당처럼 아득하다 하늘나라에 빨간 공중전화 하루빨

리 설치하라고 재촉이라도 해야겠다

삶과 죽음의 공존과 '거꾸리 시학'

이성혁(문학평론가)

1

서하 시인의 새 시집 『외등은 외로워서 환할까』 원고
를 읽고 나서 묘한 느낌을 받았다. 이 묘함도 묘했는데,
전혀 묘한 느낌을 끌어내기 위해 의도된 시편들이 아니
었기 때문이다. 대다수 시편들에서 정다움을 느낄 수
있었지만, 이 정다움에 묘한 느낌이 더해지는 것이었다.
이 느낌을 되짚어 보니, 이 시집의 시편들이 무언가 익숙
하게 다가오면서도 낯선 면이 있었기 때문임을 알게 되
었다. 시편 안에 익숙함과 낯섦이 '반반'씩 배합되어 있
다고나 할까. 이 배합은 시에 '일상적인 것'과 '시적인 것'
을 교차시키면서 만들어내는 듯이 보인다.

  못둑길에 산딸기, 볼이 쏘옥 들어가도록 빨아 당긴 담
뱃불 같다

  길 가던 노부부가 신기한 듯 들여다보는 산딸기, 할아
버지가 풀숲 헤치며 성냥불 긋듯 미끄러져 들어가 "오만

손길이 다 댕기갔네" 하나씩 따 모은다

　　오므린 손바닥에 따 모은 산딸기, 바알간 불덩이를 할
머니 입으로 하나씩 밀어 넣어 주며 "맛이 어떻노, 어떻
노?"
　　할머니 볼 발갛게 불붙어 탄내가 솔솔 난다
—「풍경」 전문

　　위의 시는 "빨아 당긴 담뱃불"의 이미지로 산딸기의
붉은색을 선명하게 밝히는 시적 표현과 그 산딸기를 따
서 할머니의 입에 넣어 주는 할아버지의 정다운 모습이
교차되면서 '노부부'의 여전히 '불덩이'처럼 뜨거운 사랑
을 형상화한다. 독자의 감동 섞인 미소를 자아내는 시라
고 하겠는데, 할아버지의 애정 어린 대사가 일상적 친근
함을 더한다. 그런데 그 친근한 대사에 산딸기 → 담뱃
불 → 바알간 불덩이로 연쇄되는 특이한 환유가 접합되
면서 위의 시는 독자에게 독특한 시적 감응을 불러일으
키는 것이다. 이 시는 "발갛게 불붙어 탄내가 솔솔" 나
는 '할머니 볼' 이미지로 도달하면서 끝나는데, 할머니
가 담뱃불 자체가 되어 버린 형국이다.
　　평온(?)하게 술술 읽히는 시지만, 다 읽고 나면 이미지
의 과격한 전화에 놀라게 된다. 생생하게 붉은 산딸기의

이미지와 늙은 노부부의 이미지가 대조되면서, 노부부가 그 생생하게 타오르는 붉은 불의 이미지로 전화되니 말이다. 붉은 산딸기는 생명을 상징하는 이미지로 보인다. 젊음의 생명은 산딸기처럼 선명하게 붉지 않을까. 그 생명은 한껏 빨아들인 담뱃불처럼 붉게 타들어 가지 않겠는가. 노부부는 산딸기밭에 들어가 그 젊음의 생명—'바알간 불덩이'—을 따 먹는다. 그러자 그 산딸기를 먹은 할머니의 볼이 담뱃불처럼 붉게 타들어 간다. 다시 청춘을 맞이한 것처럼.

하지만 저 담뱃불이 다 타 버렸을 때 죽음이 닥치지 않을까. 청춘에게 타들어 간 생명력은 갱신될 수 있지만, 노년에 이른 자에게 타들어 간 생명력이 다시 갱신될 수 있는 날은 거의 남지 않을 것이다. 그렇기에 저 미소를 자아내는 장면은 한편으로 슬픔을 불러일으킨다. "탄내가 솔솔 난다"라는 표현이 그로테스크한 느낌을 주는 것은 그 때문인 듯하다. 러시아 문예 사상가 미하일 바흐친은, 라블레에 대한 그의 책에서, 대표적인 그로테스크 이미지로 임신한 할머니 상을 들고 있다. 그로테스크 이미지는 상반된 이미지가 결합되면서 발현되는데, 임신한 할머니 상은 탄생과 죽음의 이미지가 결합된 이미지인 것이다.

생명력을 상징하는 붉은 산딸기를 먹고 타들어 가는

할머니의 모습은 바로 바흐친이 말한 그로테스크 이미지라고 할 수 있다. 아름다워 보이는 저 장면을 이렇게 '그로테스크'하게 읽는 일은 이상하게 생각될 수도 있겠지만, 서하 시인이 이 시집에 죽음에 천착하는 시편들을 적잖이 남겨 놓고 있는 것을 보면 "불붙어 탄내" 나는 할머니의 이미지에서 죽음을 떠올리는 것은 무리는 아니라고 생각한다.

2

이 시집에서 서하 시인은 적지 않은 죽음의 이미지들을 제시하고 있다. 가령 「죽은 소의 뿔을 만지다」에서 그는 "국밥집에서 주워 왔다는/반으로 타개 놓은 소머리 해골"을 묘사하는데, 그 "움푹 들어간 눈자위"에서 "지금, 죽음은 죽음에 몰입해 있"음을 발견한다. 좀 섬뜩한 이미지이지만, 그는 "이래라저래라 훈수 두지 않는 해골이 나는 좋다"고 말하고 있다. 이 구절은 서하 시인이 죽음의 이미지들을 기피하는 것이 아니라 도리어 친근하게 여기고 있음을 보여 준다. 그는 '누군가'의 말처럼 "살아 있을 때 죽어야 죽을 때 죽지 않는다"고 믿고 있다. 살아 있을 때 죽는다는 것, 그것은 삶과 죽음의 경계가 모호한 지대에서 산다는 것을 의미하며, 나아가 시인으로서 그 경계 지대를 포착하리라는 것 역시 의미한다. 「로

드킬」에서 시인이 길 위에 로드킬 당해 "버려진 걸레처럼 누"운 '검은 고양이 한 마리'를 조명하고 있는 것도 이와 관련된다. 이 주검에 대해 시인은 "저 죽음, 날것이다"라고 담담히 말하는데, 시인의 조명은 여기에 그치지 않고 걸레처럼 짓이겨진 사체 주위로 모여든 고양이들을 이어 포착하고 있다.

> 가족인지 연인인지 흰 고양이 한 마리 다가오더니
> 코를 연신 킁킁댄다
>
> 언제 부음이 갔는지
> 몇 마리의 고양이가 와서
> 코로 주검을 어루만진다
>
> 맨발로 뛰어나온
> 울음이 부글부글 부푼다
>
> 어둠이 파도치는
> 입관과 하관 사이
> 주검이 길을 꽉 물고 있다
>
> ─「로드킬」 부분

담담하게 묘사되고 있지만 마음을 아프게 하는 장면이다. 사체 주위에 몰려든 고양이들이 킁킁대며 "코로 주검을 어루만"지는 모습은, 저 날것의 사체가 된 고양이에게도 삶이 있었음을 역설적으로 말해 준다. 저 죽은 고양이도 다른 고양이와 삶과 세계를 공유하며 살았다는 것, 이승에 남은 이 다른 고양이들의 애도 어린 행위들이 죽은 고양이의 삶이 존재했음을 증언해 주는 것이다. 시인은 이 남은 고양이들의 슬픔을 "맨발로 뛰어나온/울음이 부글부글 부푼다"고 인상 깊게 표현한다. 서하 시인 특유의 강렬한 비유를 구사한 표현이다. 마지막 연의 표현도 강렬하다. 저 주검의 삶이 존재했음을 드러내는 산 고양이들의 애도 행위는, "입관과 하관 사이"의 "길을 꽉 물고 있다"는 것. 하여 검은 고양이의 죽음과 산 고양이의 애도가 중첩되는 저 길 위에서 삶과 죽음의 경계 지대 또는 중첩 지대가 만들어진다. 검은 고양이에게 잔혹한 현실―비명횡사―을 드러내고 있는 '길'은 남은 고양이의 애도를 통해 죽은 고양이의 황천길이 되지 않고 삶과 죽음이 뒤섞이는 지대가 되고 있는 것이다.

　이 '경계―중첩' 지대를 서하 시인의 시가 형성되는 장소라고 할 수 있겠다. 그리고 고양이의 애도 행위가 시적인 것을 형성한다. 이러한 해석에 따르면, 서하 시인에게 시란 죽음과 마주하고 이에 대응하면서 써지는 것이다.

저 고양이들의 애도 행위처럼 말이다. 그것은 삶과 죽음이 반반씩 섞여 있는 장을 인식하는 동시에 그 장에서 살아 나갈 때 가능하다. "척추에 마취 주사 맞"는 '수술대 위'의 시인이 "허리 부근에서 삶과 죽음이 만나"(「반반」) 서로 어색하게 인사하는 것을 감지하는 것은 죽음에 대한 공포를 의미하는 것만이 아니라 시적인 발견을 의미하기도 한다. 육체적 고통은 삶과 죽음의 접속 지점을 발견하고 그 지점에서 살아 나가도록 이끈다. 그리고 그 지점에서의 인식과 행위가 시 쓰기를 가능케 하는 것인데, 이 '짬짜면'처럼 생명과 죽음이 반반씩 결합해 있는 모습은, 앞에서 언급한 바 있는 그로테스크 이미지로 묘사되기도 한다.

> 말라붙은 젖꼭지와
> 배꼽 사이에 구멍 뚫어
> 비닐 호스를 심었다
> 긴 탯줄 같다
>
> 갓 태어난 비닐 주머니가
> 젖을 빨고 있다
> 울퉁불퉁 꿰맨 자국 위에
> 담즙 꽃이 피었다

물풍선 같은 아침 해가 뜨면
비닐장갑을 낀 간호사가
수액을 데리고 가서 몸무게를 잰다

오늘은 고로쇠나무가 낮달을 꿰뚫었는지
우산도 없이
무른 몸의 마려움 밀어내며
여인의 단벌 검버섯이
고요히 젖는다

— 「우산고로쇠나무」 전문

위의 시는 '우산고로쇠나무'의 수액을 뽑는 모습을
시화한 것이겠지만, 저 말라붙은 나무는 한편으로 한
여인의 병든 몸을 연상시키기도 한다. 그래서 저 나무에
심은 비닐 호스는 담즙 주머니처럼 보이기도 한다.("몸
의 마려움 밀어"낸다는 표현, 그리고 '간호사'의 등장은
이러한 추측을 더욱 유발한다.) 여기서 주목되는 바는
비닐 호스와 연결된 비닐 주머니가 '고로쇠나무-여인'
이 낳은 아기로, 그래서 비닐 호스가 탯줄로 이미지화
되고 있다는 점이다. 죽음으로 향해 가는 육체에서 새
로운 생명이 태어나고 있는 이 이미지는, 바흐친이 말한

그로테스크한 이미지라고 할 만하다. 그러나 "몸의 마려움 밀어내며/여인의 단벌 검버섯이/고요히 젖"고 있는 이 이미지는 묘하게도 감동적이며 아름답다. 죽음으로 향해 가는 병든 몸이면서도 수액을, 새로운 생명을 낳고 있는 저 나무의 그로테스크한 모습은 시적인 것을 발현하며 어떤 숙연함을 불러일으킨다. 그것은 생명과 죽음이 오묘하게 연결되어 생성되는 자연 질서의 시적인 숭고함을 드러내는 것이다. 서하 시인은 이 생명과 죽음이 '반반'씩 결합되어 있는 모습에서 시를 발견하려고 하는 듯하다. "나는 짬짜면이 먹고 싶"(「반반」)다는 것을 보면.(그의 시편에 노인—특히 할머니—이 많이 등장하는 것은 이 때문일 테다.)

3

    호스피스병동은 삶과 죽음의 경계선 지대다. 서하 시인은 「호스피스병동역」에서 이 병동을 '역'으로 표현한다. 황천길로 가는 기차가 잠시 머무는, "더 머물기도,/허둥지둥 내려 버리기도 마땅찮은 작은 간이역"이라고. 기차 안에는 '검버섯'의 얼굴을 한 승객들이 타고 있다. 그들은 "저승사자가 검표원처럼 언제 들이닥칠지 모르는/만성 불안증 환자들"이다. "또다시 뿌리째 기운 가을이 탑승"하면, 이미 "저녁노을을 다 실"어 놓은 기차는 저세

상으로 느릿느릿 출발할 것이다. 이 호스피스병동에 서하 시인은 짐을 내려놓고 펜을 든다. 삶과 죽음의 교차 지대인 이곳에서 시적인 것이 발견될 수 있기에. 앞에서 읽은 바에 따르면 그에게 시적인 것은 삶과 접합해 있는 죽음과 죽음에서도 새어 나오는 생명으로부터 발견된다. 그렇기에 그는 삶에 끼어드는 죽음에 민감하다. 가령 아래의 시에서 보듯이, 어떤 시인의 부고는 그를 시작詩 作으로 이끄는 동시에 시인 자신의 죽음을 상상하는 데로 이끌기도 한다.

'이○○ 시인 별세, 코로나로 조문 사절'

펑펑 내리는 저 눈발에 뛰어든
부고는
그이의 유고遺稿였을까요
도무지 믿기지 않은 그 부음,
떫은 땡감 베어 문 듯 생목 올라

'서하 시인 사망, 코로나로 조문 사절'

나의 유작을 중얼거려 봅니다
이승을 벗듯이 옷가지 벗고

뚜껑 없는 관곽으로 들어가 누우니
죽음이 빙 둘러쌉니다

비수같이 등짝에 꽂혔던 문장에
나도 잊어버린 내 이름을
부르던 목소리가 턱밑까지 차오릅니다

죽음도 숨을 쉬는지
추깃물이 뽀글거립니다

혼자 쓰는 죽음이 점점 빼곡해집니다

오래 만지던 죽음이 한눈파는 사이,
잘 씻은 알몸의 주검이
벌떡 일어나 길고도 짧은 유작에
방점을 꾹 찍습니다

— 「부고를 받고」 전문

　　"이○○ 시인"의 부음을 받고 "내리는 눈발에 뛰어든
부고는/그이의 유고遺稿였을까요"라고 슬퍼하는 시인
은, 곧 자신의 유작에 대해 상상한다. 그리고 이를 위해
자신의 죽음을 미리 체험해 보는데, 이 죽음의 상상 체

험이 위의 시의 내용을 이룬다. 우선 그는 "옷가지 벗고/뚜껑 없는 관곽으로 들어"간다. 그러자 "죽음이 빙 둘러"싸기 시작한다. 죽음이 그의 상상 세계를 "점점 빼곡"하게 채우고, 이 죽음을 만지면서 시인은 "혼자 쓰"기 시작한다. 그러자 그는 "비수같이 등짝에 꽂혔던 문장에/나도 잊어버린 내 이름을/부르던 목소리가 턱밑까지 차오"르는 체험을 하게 되는 것이다. 다시 말해 고통스럽고 상처가 되었던 기억이 '문장'으로 부활하고, 이 문장은 잊어버렸던 시인 자신의 이름을 부르는 목소리로 전환된다. 이는 그가 잊고자 했던 상처가 그의 정체성—'이름'—이었음을, 죽음을 가상 체험하면서 그 사실을 새삼 발견하게 되었음을 말해 준다. 그의 "길고도 짧은 유작"에 마침표를 찍는 것은 바로 그의 내부에 죽어 있었던 그 정체성, '알몸의 주검'이다. 자신의 죽음에 대한 시인의 상상이 스스로의 진정한 정체성이 무엇인지 발견하는 데로 이끈 것이다.

"등짝에 꽂혔던 문장"이 무엇인지 이 시집을 읽으면서 포착할 수는 없었다. 그러나 '이름' 연작은 서하 시인이 자신의 '알몸'의 정체성을 탐색하는 시로 보인다. 「이름·1」에서 시인은 자신이 할머니로부터 "이름조차 아까웠던지" 그저 "모티야"로 불렸음을 말해 준다. 어머니가 "소여물 써는 작두를 옮긴 한 모티"에서 시인을 분만했

기 때문이다.(주석에 따르면 '모티'는 모퉁이의 방언이
다.) 이 이름을 기억하면서 시인은 "그래, 나는 본적도, 현
주소도 다 모티"라고 자신을 정의한다. 자신의 출생 장
소가 그의 이름이 되고, 이 이름이 자신의 운명을 정했
다고 생각한 것이다. 그 운명이란 세계의 한가운데가 아
니라 소외되어 있는 '구석'에서 살아가야 한다는 것이
다. 그리고 이 소외 의식이 그를 시 쓰기로 이끌었을 테
다. 그래서 서하 시인에게 시적인 것의 발견은 세상의 환
한 정면이 아니라 어두운 이면―구석에서 나타나는―에
서 이루어질 수 있게 되었으리라. 또한 이 이면에서만이
삶과 죽음이 접합되어 있는 장면―시적인 것이 발현되
는―이 포착될 수 있는 것이기도 했다.

　　자신의 정체성에 대한 재인식은 옛 시절의 기억으로
시인을 이끌 터인데, 중학교 시절을 기억하고 있는 「통학
길」이란 시가 흥미롭다.

　　　　중학교까지 사일못을 끼고
　　　　시오리를 걸어 다녔다
　　　　어쩌다 트럭이라도 보이면
　　　　친구들과 길을 막고 손을 흔들었다
　　　　마지못해 트럭이 멈추면
　　　　피난민처럼 필사적으로 뒤 칸으로 올라탔다

동개동개 쌓인 벽돌과 시멘트 포대와

삽자루와 함께 흔들리며 깔깔대며

즐거웠다 휙휙 지나가는 아카시아 향을

따라오던 황톳빛 흙길은

뒤로 물러났고 태양은 끝까지 따라왔다

가끔 멈추지 않고

흙먼지만 남겨 두고 달아난 트럭 골려 주려고

아카시아 가시를

길 한복판에 일렬로 꼭꼭 묻어 두었다

아카시아잎 줄기로 머리를 돌돌 감으며

야트막한 언덕에 숨어서

그 트럭이 돌아오기만을 기다렸다

금호장에 갔다 오던 자야 엄마가

몸을 숙이며 "아이고 머시 따끔하노" 하는데

지켜보고 있던 흰 구름도 자라목이 되어

사일못으로

풍덩풍덩 뛰어들곤 했다

—「통학길」전문

재미있게 읽히는 시이기도 하지만 서하 시인이 어떤 사람인지 얼핏 드러나는 시라고도 생각된다. 어떤 이의 옛날 스냅사진을 보면 그가 어떤 사람인지, 어떤 삶을 살았을지 직관적으로 느껴지는 것처럼 말이다. 1연에서는 시오리를 걸어 다녀야 했던 통학길, 친구들과 함께 트럭을 얻어 타곤 했던 기억이 서술된다. "삽자루와 함께 흔들리며 깔깔대며/즐거웠"던 기억. "따라오던 황톳빛 흙길은/뒤로 물러났"던, 그리고 "태양은 끝까지 따라왔"던 찬란했던 시절의 기억이다. 하지만 2연의 색채는 다소 어둡다. 트럭이 언제나 시인을 태워 준 건 아니었던 것. 시인은 화풀이라도 하듯 "아카시아 가시를/길 한복판에 일렬로 꼭 묻어 두었다"고 한다. 그러고는 "언덕에 숨어서/그 트럭이 돌아오기만을 기다렸다"는 것. 오지 않고 있는 트럭을 언덕 모퉁이에서 기다리는 중학생의 모습은, 무엇인가에서 소외된 채 열망을 숨기고 세상을 견디는 청소년의 이미지를 보여 준다. 이렇듯 무엇이든 다 이루어질 듯이 햇빛이 따라와 주었던 길과 자신을 태워 줄 트럭을 기다리며 숨어 있었던 언덕 모퉁이가 서로 대조되면서 위의 시는 구성되는 것인데, 청소년 시절의 이 양면적인 이미지가 서하 시인의 삶 전체를 압축해 보여 주고 있다는 느낌이다. 세계를 순수한 기쁨으로 맞이하면서도 모퉁이에서 무엇인가를 갈망하는 중학생의

모습은 시인 서하가 살아온 삶 자체를 상징적으로 드러
내고 있는 것 같다.

4

앞에서 읽은 바에 따르면, 서하 시인은 자신의 죽음
을 상상하면서 자신의 정체성을 재발견하고, 어린 시절
을 기억하는 데로 나아갔다. 시간을 거슬러 올라가는
'기억하기'는, 그리움을 낳는다. 꿈과 기억은 욕망을 동
력으로 작동한다. 무언가를 잃어버린 것에 대한 욕망은,
그 무언가를 잃어버리지 않았을 때를 기억하도록 이끌
고는, 그 시절에 대한 그리움에 휩싸이게 만드는 것이다.
그리고 그 이후엔 반대로 그리움이 기억을 더욱 사무치
게 불러일으키기도 한다. 기억과 그리움은 상호 전화되
면서 고양되는데, 시인은 아래의 시에서 이 그리움이 현
재의 얼어붙은 시간을 녹이고 있다고 말한다.

누군가

눈물 나게 그리운 그 마음

거꾸로

매달아 놓고

똑

똑

똑

언 땅을 후벼 파는

하늘 보자기 뚫고 나온

유리 송곳 같은

저 몰입没入

—「고드름」 전문

    서하 시인은 저 고드름에서 그리워하는 마음의 상징
적인 이미지를 읽는다. 고드름, 그 "눈물 나게 그리운 그
마음"은 오래도록 사무쳤는지 유리 송곳처럼 매달려 있
다. 하지만 눈물은 마르지 않아서, 고드름은 눈물을 한
방울 한 방울 지치지 않고 언 땅 위로 떨어뜨린다. 이 눈

물이 "언 땅을 후벼 파는" 것이다. 이에 '언 땅'이 현재의
세계를 상징한다면, 그리움의 마음이 흘리는 눈물이야
말로 이 세계에 봄을 가져온다고 말할 수 있다. 다시 말
하면, 그리움이 지금은 사라진 것, 죽은 것에 대한 기억
에서 생긴다고 할 때, 이 죽음과 접합되어 있는 그리움
을 이 겨울 세계에 거꾸로 매달아 놓으면 세계에는 새 생
명이 탄생하는 봄이 도래할 수 있다. 죽음이 삶을 낳듯
이 말이다. 그런데 이 거꾸로 매달린 고드름이 바로 서
하 시인의 시라고 말할 수 있을 것 같다. 서하의 시는 삶
에서 죽음을 찾아내고 죽음에서 생명을 이끌어내면서
써지는 것이었다. 그리고 그 시 쓰기는 결국 시간을 거
슬러 올라가 잃어버린 기억을 되찾는 일로 나아갔다. 이
렇게 써진 시에는 전도된 시간, 거꾸로 매달린 시간이
응축되어 있을 터였다. 거꾸로 매달린 저 고드름처럼 말
이다. 그렇다면 서하 시인의 시학은, 「거꾸리」의 일절을
빌리자면 "나무늘보처럼 거꾸로 매달"리기가 아닐까.

카자흐스탄에는 거꾸로 자라는 가문비나무가 있다는
데

체육공원 거꾸리에 누워 올려다본 하늘에 물고기처
럼 파닥이는 신갈나무 잎, 하얀 구름 사이로 언뜻언뜻 보

이는 푸른 연못

　　나무늘보처럼 거꾸로 매달려 땅과 더 가까워진 머리
는 발이 되고, 높이 뜬 발이 머리가 되더라 칠십 세 노인
이 십칠 세 소년이 되고, 엄마는 죽은 듯이 살아 있고 아
버지는 살아 있는 듯이 죽었다고 중얼거리는

　　아가미를 떼었어도 눈 감지 않는 물고기처럼 더 가파르
게 기울어져 볼까 사우나실 모래시계처럼 세상을 홀렁 뒤
집는다

　　저쪽과 이쪽을 뒤바꾸듯이, 무너질 것 같은 역경도 경
력이 되는 거꾸리, 거기 달라붙어 자라는 거머리 같은 그
늘은 그냥 덤이래!

　　　　　　　　　　　　　　　　　　—「거꾸리」전문

　　고드름처럼 사람을 거꾸로 매달리게 하는 운동 기구
인 '거꾸리'에 누워 세상을 볼 때, 즉 모래시계를 뒤집듯
이 "세상을 홀렁 뒤집"을 때 세계는 달리 보이기 시작할
것이다. 우선 삶과 죽음의 경계가 지워진다. "엄마는 죽
은 듯이 살아 있고 아버지는 살아 있는 듯이 죽"은 모습
으로 나타난다. 하늘은 푸른 연못처럼 보이고 신갈나무

잎은 "물고기처럼 파닥이는" 것 같다. 시간을 거꾸로 거슬러 올라가고, "저쪽과 이쪽을 뒤바꾸"는 거꾸로 보기를 통해 보이던 것이 새롭게 보이고 보이지 않은 것이 보이기 시작할 터, 이 '거꾸로 보기' 방법을 '거꾸리 시학'이라고 말할 수 있지 않을까. 앞에서 보았듯이 때때로 그 시학은 그로테스크 이미지를 낳기도 하리라. 그 시학은 삶과 죽음이 서로 연결되는 모습을 드러내기 때문이다. 이 '거꾸리 시학'을 전면적으로 드러내고 있는 시가 아래 인용하는 「입추」라고 생각한다.

불 꺼진 윗목, 콩나물시루에 흘러내리는 물소리처럼

밥물 끓는 것처럼

맨발의 물총새처럼

쉼 없이 안달 난 강물처럼

산이 늘 푸른 파도로 출렁이는 것처럼

늙은 여치 소리가 파래지는 것처럼

벼 자라는 소리 듣고 매미가 우는 것처럼

낮달이 손수건을 꺼내 흔드는 것처럼

머리 풀던 저녁연기가 잠시 망설이는 것처럼

더운데 덥지 않은 것처럼

단추를 채우는 입추다

—「입추」전문

　"단추를 채우는 입추"를 "거꾸리"에 비추어 본다고
할 때, 위의 시에 따르면 열 가지 모습으로 나타난다. 이
때 거울 역할을 하는 것이 '처럼'이라는 조사다. 이 '처럼'
에 비추어진 입추의 모습들은 다종다양하다. 한 가지
사태 또는 사물을 '처럼'의 거울로 비추어 보면서 거꾸
로 보고, 그리하여 그 사태 또는 사물의 보이지 않았던
측면들을 투시하고 드러내는 시학. 심각한 문투를 기피
하고 일상적인 어투로 전개되는 서하 시인의 시편들 안
에는 이러한 깊은 시학이 녹아들어 있다.

외등은 외로워서 환할까

2023년 1월 13일 1판 1쇄 펴냄
2023년 6월 7일 1판 2쇄 펴냄

지은이	서하
펴낸이	김성규
편집	김안녕 김도현
디자인	신아영
펴낸곳	걷는사람
주소	서울 마포구 월드컵로16길 51 서교자이빌 304호
전화	02 323 2602
팩스	02 323 2603
등록	2016년 11월 18일 제25100-2016-000083호

ISBN 979-11-92333-58-8 04810
ISBN 979-11-89128-01-2 (세트)

* 이 책은 '2022 대구 문화예술진흥원 문학작품집 발간지원사업' 선정작입니다.